私のまんまで生きてきた。

ありのままの自分で気持ちよく生きるための
100の言葉

平野レミ

ポプラ社

はじめに

「レミちゃん、声が大きいわよ！」

ちょっと前に「徹子の部屋」に出たんですけど、収録中に黒柳さんに3回も注意されちゃいました。私は自分の声が大きいって思ったことはないんですけど、よくよく思い出してみると前にも注意されたことがありました。松戸の実家から常磐線に乗って高校に行く途中、友だちとしゃべってたら、ほかのお客さんに「うるさい！」ってよく怒られていましたね。そういえば。

あ！　夫の和田さんにも注意されたことあった！

朝、友だちと電話してたんです。和田さんは「行ってきます」ってちょうど家を出たところだったのに、玄関のドアのガチャッて音がして、どしどしどしってスニーカー履いたまんま和田さんが部屋に戻ってきました。テーブルの紙の裏になんか書いてる。

「デンワの声がでか過ぎてうるさい!! 先方が耳を痛くするよ」

和田さんの袋文字でこんなこと書いた紙を、電話してる私に見せにきちゃってさ。スニーカー履いたまんまよ。家の外まで私の声が丸聞こえだったたって。

でもさ、声がでかい人に、悪い人いないと思いませんか？　陰湿な人は、声が大きいなんてことないでしょ。やっぱり声が大きくて元気がある人のほうが、しゃべってて気持ちがいい。よく注意されたけど、声が大きいって私はいいことだと思うなあ。

この本のタイトルは『私のまんまで生きてきた。』にしました。だってタイトル通り、私は私のまんま、生きてきたんですから。人に迷惑かけないで(声はうるさかったみたいだけど)、自分のやりたいことやって、仕事の依頼がきたらばやって。それで月日が流れてここまで来ちゃった。

高校1年生のとき、勉強も先生も嫌になって学校やめちゃって、父のすすめで文化学院に入って大好きなシャンソンを習いはじめました。でも教室で歌ってるだけだとつまんない。バンドがいっぱいついたとこでお客さんの前で歌ってみたいなと思って、銀座のシャンソン喫茶「銀巴里」のオーディションを受けに行ったんです。そしたらたまたま受かっちゃったの。ダメ元だったから、緊張とか心配とかはぜんぜんなかった。

そのあと誘われて芸能プロダクションに入りました。レコード4枚出したけど、シャンソンはちっとも歌わせてくれなかった。最後の「カモネギ音頭」っていう曲のプロモーションで、ネギがいっぱい入った大きなカゴを背負って、銀座の歩行者天国をネギ配って歩けって言われたの。私は「そんなことできない」って言って、プロダクションやめちゃった。

あー、楽しい芸能人生活だったなって思ってたら、ＴＢＳから「ラジオ番組のオーディション受けませんか？」って電話がかかってきたんです。それで久米宏さんとのラジオがはじまりました。月曜から金曜まで。雨の日も雪の日も。

その久米さんに、和田さんが私を紹介してくれって言ったのね。「あんな人と一緒になったら一生を棒に振りますよ」って久米さんは言ったって。でも結局、私は和田さんと結婚。しばらくして久米さんと会ったら「あのときはこんなすばらしいオシドリ夫婦になるとは夢にも思わなかった」って苦笑いしながら言ってました。

和田さんと結婚したら、いろんな人が家に来るようになりました。ピアニストの八木正生さんもそのうちのひとり。八木さんは私の料理を「おいしいおいしい」ってうんとほめてくれました。それで「レミちゃん、ぼくの次に書いてよ」ってレシピ本のリレーエッセイを依頼されたんです。それまでずっと食通の人が書いてきたエッセイなのに、いきなりただの〝シュフ〟の私よ。読者はびっくりしたでしょう。そこから料理の仕事がはじまっちゃった。

今、私が料理の仕事ができているのは、八木さんのおかげなんです。はじめてNHKで料理をしたときもぜーんぜん緊張しなかった。野心もないし、がんばろうとも思ってない。ダメでもいいじゃん別にさ。ダメだったら和田さんのところに帰っちゃえばいいんだもん。

料理の仕事が軌道にのってきたとき、八木さんから電話があって、そこでやっと、ありがとうございますってお礼が言えました。受話器を持ちながら、電話の前で何度もお辞儀しちゃったね。そのすぐあと、八木さんは急に亡くなっちゃったんです。

人になにかすすめられたら、絶対やっちゃったほうがいい。なにがきっかけになって成功するかなんて誰もわかんないんだから。それでやってみてうまくいったら、その人にはすぐにお礼を言ったほうがいい。いつお礼を言えなくなるかわかんないから。だから私は父と母に、大好きだよ、大好きだからねって、いっぱい言っときました。

今の時代は、「自分のまんま」で生きていくことはなかなかむずかしいって聞きます。本音だけではやっていけないとか、嘘とか我慢も必要だとか。わかる気もするけど、あれしちゃいけない、これしちゃいけないって自分で勝手に壁を作って、動きにくくなっているようなところもあるんじゃないかと思うんです。そういうのを、えい！って、とっぱらってみたら、自然と私はこんな人ですよ～って感じで生きていくこともできるんじゃないかな。

肩肘張らないで、がんばりすぎないで、顔上げて、自信もってさ、「自分のまんま」で生きていきましょうよ、ね。

目次

第2章

私とお料理

とにかく楽しむもの！

第3章

私と子育て

息子のおかげで私はうんと成長できた。

第4章

私と家族

みんないいヤツね！

第5章
私と和田さん

本を開けばまた
和田さんに会える。

デザイン　坂川朱音（朱猫堂）
カバーイラスト　木村セツ
本文イラスト　朝野ペコ
写真　中西裕人（p21、p32、p33、p80、p81、p180、p181）
辻敦（p173、p182、p183、p189）
※上記以外の写真はすべて著者提供
協力　奥田暁美　柴口育子

第1章

私の生き方　私は私よ。

平野レミ　虫歯一本もないの、ほら。

阿川佐和子　アア～ッ、ほんとだ、治療の跡がまったくない！

平野レミ　一回も歯医者行ったことないんだもん。歯痛って知らないの。歯がいい人は健康なんだって。で、健康な人は声がデッカイんだって。

阿川佐和子　説得力あるな（笑）。

1

鏡の中の自分に笑いかける

今日は気分がすぐれないなと鏡を見ると、たいていつまらない顔になってる。そんなときは鏡の中の自分に笑いかけると、自然と心までニコニコ顔になってくる。笑顔ってとっても大切。人を幸せにする最大の方法よね。だから家にはたくさん鏡があるんです。

2

嫌な人とは付き合わなくていいの

自分が嫌なことはしない！
嫌な人とは付き合わない！
これだけで、ここまで来ちゃった。
世の中にはいろんな人がいるでしょ。
嫌な人ってピピッとくるのよね。
何十年ぶりで会っても、やっぱり嫌な人は嫌な人なの（笑）。
そういう人とは距離を置いてます。

3

私は私、ほかの人はほかの人

昔は同窓会に出たこともあったけど、夫や子どもの話題や、誰がどうした、こうした、といった話ばかり。私、ああいうの苦手。おもしろくないから。誰の子どもがいい大学に入ろうが、誰の夫が部長に昇進しようが、そうなの、よかったねって。私は私だし、ほかの人はほかの人。それぞれが楽しい人生を送ればいいの。だから、楽しそうにしている人、楽しい話をしている人って感じいいですよね。

大きな花柄のカットソーは、嫁のあーちゃんからの母の日のプレゼント。お気に入りです。

4

自分に素直に、自然にやるだけ

自然にやるだけ。自分に素直に。
敵が増えたらどうするかって？
やりたいことがいっぱいで、
人のことを考えてる暇なんかないでーす。

5

ありのままがいちばん

和田明日香　私、よく人から「レミさんって普段からあんな感じなんですか」ってきかれるんですよ。そのときはいつも、「レミさんほど裏表のない人はいないです」って答えてるんですけど。ほんとにそうですよね。人間も、料理も、ありのままですよね。

平野レミ　ありのままがいちばん！　料理だって「どっか～ん！まるごとキャベツ」とか「にんじんまるごと蒸し」だって「まるごとトマト焼き」だってそう。切り刻まないでありのまま、まるごと料理してあげると、「ありがとうレミさん～！」って感じで、野菜が喜んで、おいしくなってくれちゃうの。

6

外見磨きより、中身磨きを！

今朝、夫の和田さんが目玉焼きに失敗して黄身が流れちゃったの。「下手っぴ」って言ったら「おいしければいいんだよ」だって。みんなも外見磨きより中身磨きに時間かけたほうがいいわよ。料理にしても人にしても、外見でだまそうという人に大したヤツいないんだから。知り合いの歯医者に聞いたんだけど、全身ブランドものでかためた患者の口の中を見たら、手入れゼロだったって。外見より中身にお金かけてほしいよね。

7

「私は私のやり方しかできません」と言うしかなかった

ＮＨＫ「きょうの料理」で、牛トマを作りました。薄切り牛肉とトマトを炒めるだけの簡単料理。いつものやり方でトマトを手でぐしゃぐしゃっとつぶしたの。放送のあと、ＮＨＫに抗議の電話がいっぱいかかってきたんですって。「あの下品なやり方はなんだ」って。そう言えばＮＨＫのお料理の先生はみなさんおしとやかにやってたのね。私みたいに早口でべらべら言いながら、手でトマトをぐちゃっとつぶす人なんかいなかったから、見てる人はびっくりしちゃったんですね。プロデューサーから「視聴者から抗議が来たので、今度から注意してください」と言われました。プロデューサーも上の人から叱られたんじゃないかしら。でも私は気取ることができないので「私は私のやり方しかできません」と言うしかなかった。だからもうテレビからはお呼びがかからないだろうなと思っていたんです。ところが数日後、新聞のテレビ欄に「平野レミの料理番組はユニークでおもしろい」って批評が出たのね。それでプロデューサーもほっとしたみたい。そのせいか、その後も出演してるってわけ。

8

本当のことだけ言えばいいじゃないの

私の辞書には載ってない言葉があります。それは「本音と建前」。建前というのは、言ってみれば「心にもないこと」を言うことでしょ。なんでそんな面倒なことするのって思う。本当のことだけ言えばいいじゃないの。だから、私には裏がありません。あるのは表だけ。テレビに出ているときも、家族といるときも、友人といるときも、このまんま。私が本音しか言えないのは、育った環境によるものだと思います。父も夫の和田さんも、おべんちゃらを一切言わない。気を遣わないといけない人が周りにいなかったからかもね。

9

立ってるものはいずれ倒れるでしょ

ブロッコリーって料理になるといつもバラバラになって出てくるでしょ。たまには敬意を表して、ありのままの姿にしてあげたら、ブロッコリーも喜ぶんじゃないかと思って。そういう思いで、ＮＨＫの「平野レミの早わざレシピ！」で作った「まるごとブロッコリーのたらこソース」ができた。で、立たせたところまではいいんだけど、できあがり！　ってときに、倒れちゃった。生放送だからやりなおせないし。そしたらネットで「放送事故」って笑いものにされたの。でも、どうでもいいことじゃない？　立ってるものはいずれ倒れるでしょ。形あるものは壊れるのと一緒。私にとってはなんでもないこと。「あ、倒れちゃった」でいいと思うんだけど、なんでか、みんなの関心を集めちゃってね。人の不幸は蜜の味だったのかな。その日、八百屋さんのブロッコリーが売れまくったって。

私は緑がないと生きていけないの。小さいときから緑に囲まれて生きてきたから。

お坊さんと結婚すれば、緑に囲まれて生きていけるなって真剣に考えたこともあります。

庭にはみかんの木があります。1回も肥料をあげたことないのに、毎年、実がなるの。

10

嫌いなことぜ〜んぶ
やめちゃいましょう

好きなことが見つからず
悩んでる子が多いみたいだけど、
そういうときは、
嫌いなことぜ〜んぶやめちゃうといいわ。
それで残ったことが、
きっとあなたの好きなことよ。

11

一生懸命な自分に気づいてくれる人がいる

なんでも好きなことを一生懸命やってると、道が開けるのよね。一生懸命な自分に気づいてくれる人がいて、活動の場が広がっていくの。私がピアニストの八木正生さんから声をかけてもらって料理の仕事が増えていったように、人からなにか言われたら、とりあえずやったほうがいい。どこで道が開けて楽しい人生が待ってるかわからないから、どんどんチャレンジしなさいよって、私いつもみんなに言ってるの。

12

気持ちはいつもスニーカー

みんな、もっと自分に正直に生きていいと思います。
革靴やハイヒールばかり履いているような人生では窮屈でしょ。
ときにはスニーカーを履いて、リラックス、リラックス。
私なんか、気持ちがいつもスニーカーだから、身も心も自由でーす。

私のお財布は保存袋。中身がぜんぶ見えるから便利ね。みんなもそうしたら?

13

好きだったら「努力」とか「苦しい」とか思わない

努力なんて大嫌い。好きだったら当たり前にやり続けちゃうのよね。好きだったら「努力」とか「苦しい」とか思わないでしょ。

14

楽しいことだけでもなんとか人生できるのね

考えてみると、嫌なことをうまくすり抜けて、ここまで人生やって来ちゃったの。なんにも苦労しないで。苦労は大嫌いだからね。苦労は避けて、避けて、楽しいことだけ考えてね。それでもなんとか人生できるのね。

15

目の前にあることを、精いっぱいやるだけ

目標は掲げません。
達成できた、できなかったに
振り回されたくないから。
今、目の前にあることを、精いっぱいやるだけ。

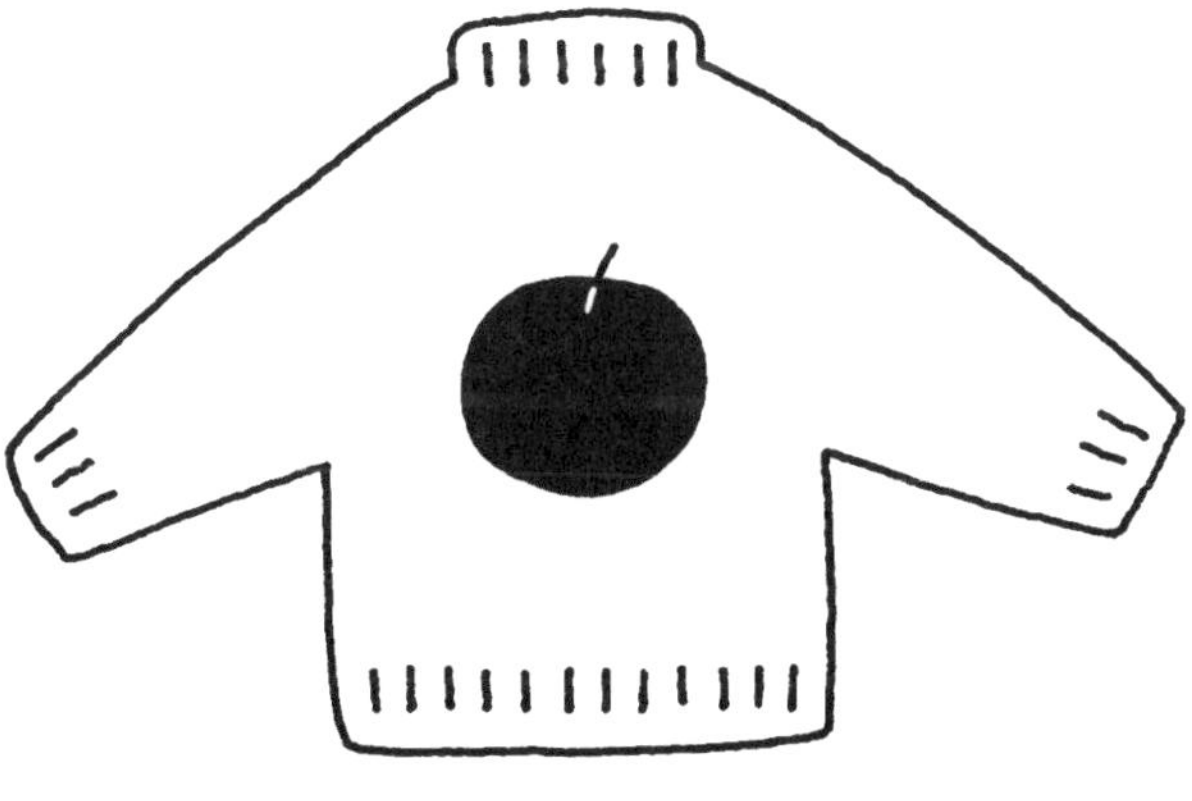

16

私に夢なんてないの

年末になると「来年の抱負は？」ってよく質問がくるけど、私には抱負とか希望とか夢とか野心なんてないの。私にあたえられた目の前にある仕事をやってきただけ。ある日、うしろをふっと振り返ったら、これが私の夢だったのかって気づいたの。だから、私の前には抱負とか夢なんてないのよ。

17

満足できない日があったっていいじゃない

自分を100％発揮できなくてイライラすることだってある。
だけど、満足できない日があったっていいじゃない。
これも修業中と思えばいいのよ。

18
若いものには巻かれます

若い子たちの話ってほんとにおもしろいし、とってもいいアイデアを出してくれたりするんです。だから「レミさん、最近はこんな味つけもありですよ」とか言われると、「あら、そうなの！　はい、若いものには巻かれます」って、素直に従っちゃう。新しい意見や情報を取り入れると、また新しい発見があって、とっても楽しいんです。

私は旅行がだいすき。トルコアイスってこんなに伸びるのね!

19

嫉妬はぜんぜんありません

私は昔から、グチや陰口、人のうわさを言わないの。私はそういう話をおもしろいと思わないし、興味がない。ほかの人への妬みも羨望もぜんぜんありません。グチを言ったところで、問題は解決しないし、陰口やうわさ話はホントにつまらないでしょ。

20

落ち込んだら、ワイン飲んで寝るの

疲れたり、落ち込んだりしたときは、ワインなんか飲んじゃって寝るの。シチューやカレーも、その日は味がとんがってるけれど、一晩寝かせるとマイルドになるでしょう？　シチューもカレーも人間も同じよ。だから早く寝ちゃいましょう。

21

自分のベロを信じて

昔、お客さんを採れたての新茶と和菓子でおもてなししました。数か月後、またその人が来たとき、私はちょうど息子を病院に連れていくところ。時間がなくて、しょうがないから出がらしのお茶を出しました。出かける寸前、「レミちゃん。今日のお茶、どこのお茶？　すごくおいしいね」と玄関で呼びとめられました。新茶を出したときはなんにも言わなかったのに。ベロの感覚、つまり味覚は人それぞれ違うものだと再認識させられました。だから自分のベロを信じていいのよね。

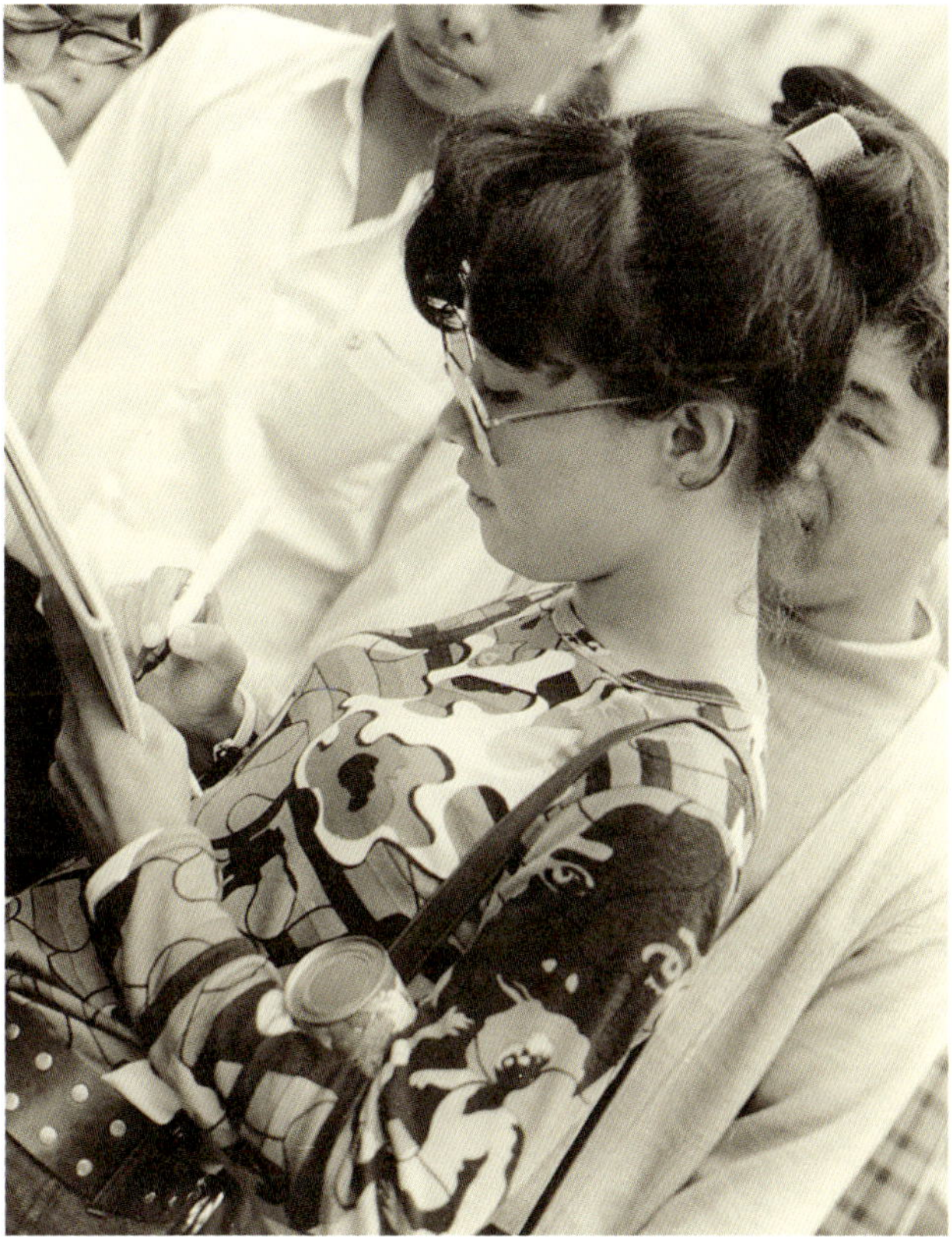

ラジオの生放送のあと。子どもにサインをせがまれて「美空ひばり」って書いたことも。

22

堂々としましょう

私はラジオのディスク・ジョッキーでも堂々と平気でどもるから、どもりの子どもを持つお母さんから手紙が来て、とっても心強い、なんて言ってくれたりする。放送局でも、どもりの司会者は前代未聞だと言われた。私はどもりなんかちっとも恥ずかしいことだと思わない。同じ字を何度も言うだけのことで、その分だけはっきりわかっていいと思う。

23

「一富士・二鷹・三トマト」じゃいけないの？

初夢で縁起がいい「一富士・二鷹・三なすび」という言葉を子どものころから知っていたけど、最後のなすびというのがよくわからなかった。富士山は美しい山だからわかる。鷹は強くてかっこいい鳥だからわかる。なすになると急に調子が狂うような気がした。実は今でもよくわからない。三トマトじゃいけないのかしら。

小学校6年生くらいのとき。上の列の左から2番目が私。男の子とばっかり遊んでました。

第2章

私とお料理
とにかく楽しむの！

いつの間にか料理の仕事が増えたけれど、私はいつまでもアマチュアのつもり。台所にいることが好きな主婦です。専門用語もあまり知らないし、お料理はたいてい自己流です。自己流でデタラメのようでも、これとこれを組み合わせるとこんな味になる、ということは慣れてくるとなんとなくわかるようになります。

24

こんな世界があったんだ！

小学校の5年生か6年生のときのこと。ある日の夕方おなかがすいて、台所に母がいなかったから自分で夕食を作っちゃった。庭になってたトマトをとってきて、台所に置いてあったピーマンとタマネギと一緒にグラタン皿に入れて、うどんも入れて、コトコトコトコト煮込んで、ピザチーズのせて、味つけは胡椒をガリガリしてでき上がり！　夏のまっ盛りにフーフー言いながら食べて、おいしかったなあ。これって、誰かに教わったんじゃない。本に出てたわけでもない。自分で身近にあったものを使って作った私のオリジナル料理の第一号です。「自分で作ったものがこんなにおいしいんだ」と思ったし、「こんな世界があったんだ」って思うくらいの大発見でした。

25

ずっと誰かのために料理を作ってきました

考えてみると、母の手伝いをはじめた子どものときから、ずっと誰かのために料理を作ってきたように思います。父は人が大好きで、実家はいつもお客さんでいっぱいでした。そのお客さんたちのために。ボーイフレンドができたときは彼のために。結婚してからは和田さんと子どもたちのために。それから和田さんの友だちのために。おいしいものを作ろうとがんばりながら、少しずつ上達して、レパートリーも増えました。

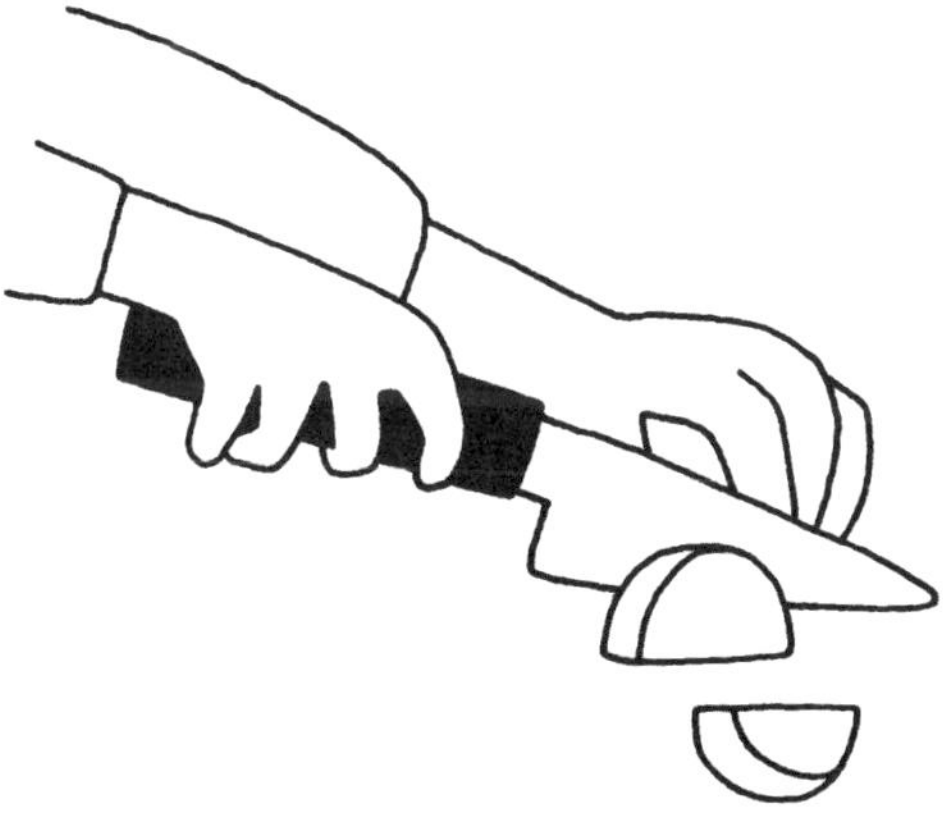

26

きっかけは結婚と子育て

結婚は私の料理の腕を上げました。子どもが生まれたことは、食べ物のことを真剣に考える糸口になりました。だって子どもが育つにはまず食べ物ですものね。からだにいいものを与えなきゃ、って思うのは当然でしょ。

27

自分がおいしい！と思わなきゃ

和田さんのため、子どものため、お客さんのため、そして自分のためにお料理をがんばりました。「自分で作って自分で食べるとおいしく感じない」と言う人もいますけど、そんなことはないですよ。人に食べてもらうには、誰よりもまず自分が「おいしい！」と思わないと。

28

原点は母の味でした

私の料理の原点は、やっぱり母の味でした。

結婚してからは和田さんや子どもたちの協力がありました。

子どもたちは「まずい」とか「気持ち悪い」とかはっきり言うことが多いので協力とは言いにくいけど、厳格な批評家の存在は大事でした。

私が赤ちゃんだったころ。とってもかわいいね。お母さんも若いなあ。

29

五感全部で体感できるごちそう

料理って味覚だけじゃなく、食材が調理されて変わっていく姿を見る、調理されてる音を聞く、食材ごとの香りを楽しむ、とかいろんな味わいがあるから、料理のプロセスを見るだけでも勉強。絵は目から、音楽は耳から幸せを感じるけど、お料理は色も音も香りも、五感全部で幸せを感じられるごちそうなのよ。

30

誰でも作れるように

レシピを考えるときは、まず簡単にササッと作れるということ、おいしいこと、素材がどこでも手に入るもの、たのしさを感じさせるもの、の4点を大切にします。おいしいものはある程度、高価な材料を使えばできるかもしれない。でも、私はみんながふつうに使っている材料や調味料を使って、何度も何度も試作します。そうでないと、嘘になってしまうから。

31

お料理を楽しむために手抜きをする

「手抜き料理」って言うとなにか悪いことしてるみたいに聞こえるかもしれない。まずいものを作るように感じるかもしれない。でも違うんです。シェフは時間とお金をかけておいしい料理を作る。私たち「シュフ」は心を込めて安く手早くおいしく料理するのがモットーなんです。お料理を楽しむために「手抜き」をするの。

料理の仕事をはじめたころ。無我夢中でたのしくて、家族が寝ちゃった後も料理してた。

32

義務で料理をするのはつらい

楽しくごはんの支度をしたいと思います。子育ても同じだけど、義務感でやっていたのではつらいから、料理と遊ぶつもりで作ると気も楽です。教えられた通りではなく、自由に素材を組み合わせてみたり。食べられるもの同士を組み合わせるのですから、食べられないものができあがることは滅多にありません。思い切った工夫が、案外傑作になったりすることも多いですよ。

33

口の中で帳尻が合えばそれでいい

料理はね、最終的に口の中で帳尻が合えばいいのよ。見た目はなんだっていい。そこで気短かな私は、「食べればシリーズ」をたくさん生み出しました。コロッケ、焼売、ロールキャベツなどを、揚げたり、包んだりせずに調理を簡単にしたレシピです。食べたときその味になってればいいと思って……。結局おいしければいいでしょ。

34

ケチと上品は紙一重

昔々、「おなか減らしてきてね。ごちそうするから」と友だちが言うので、ペコペコでお宅へ。高そうな塗りの器が出てきて、蓋を開けたら、底のほうに牛丼がちょびっとあった。私には量がぜんぜんたりなかった。牛肉が高かったのかな。でもこれって上品な盛りつけなの？　私はケチだと思っちゃいました。上品とケチは紙一重ね。家庭料理はおなかいっぱいのてんこ盛りがイチバンよね。

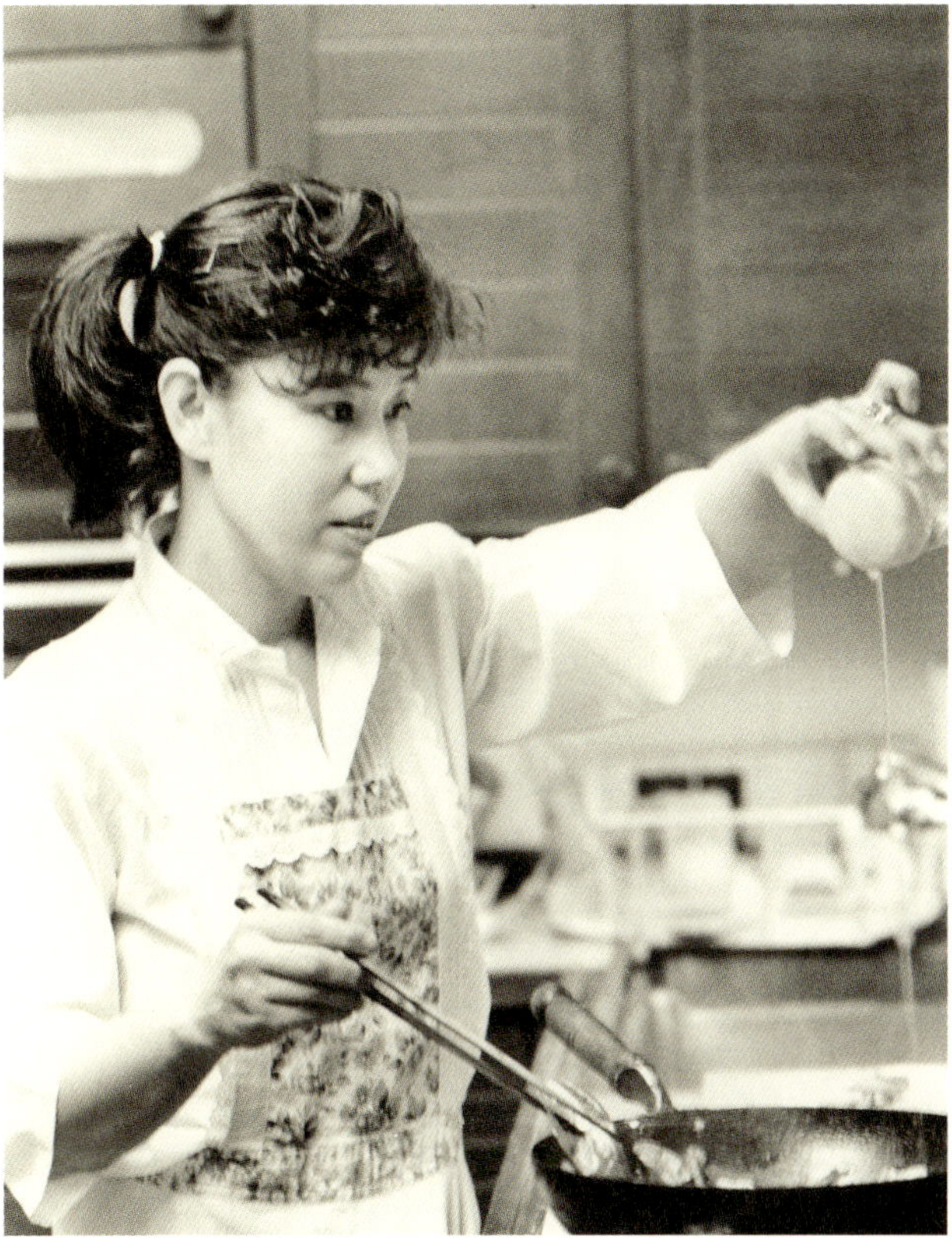

私の現場はいつも大騒ぎ。だから仕事したくないって言うカメラマンさんもいました。

35

愛情が最高の調味料

母はお客さんが「おいしい」と言ってくれるのを喜んだと思うけど、それ以上に、お客さんがおいしそうに食べるのを見ている父の嬉しそうな顔が好きだったんじゃないかな、と思うのね。母は父が大好きだった。父が喜ぶと、母も嬉しかった。だから一生懸命おいしいお料理を作った。そんなふうにも思えます。愛情が最高の調味料なんだ、って。

36

鼻唄も調味料

私、料理してるとなんだか
鼻唄が出ちゃうんですよ。
それも調味料になって、
ますます料理が上手にできるの。

37

人にも食材にも敬意をもって

「好きな人に料理を作るときと、好きじゃない人に料理を作るとき、どんなふうに作り分けていますか？」小学生からこんな質問をされました。私は「相手が誰だろうとぜんぜん関係ありません。いつもおいしく作ります」と答えました。だって、私も一緒に食べるんだから、おいしくないのは絶対に嫌です。人によって作り分けよう、なんていう態度はごちそうする人に失礼だし、料理にも、食材にも失礼です。食材にはいつも敬意をもって接しなきゃ。

38

黙ってかつおだしの栄養をありがたくいただきなさい！

和田明日香　レミさんは、濾《こ》してざるに残った削り節も、ぎゅうぎゅうしぼりますよね。

平野レミ　だってもったいないでしょ！　ぎゅうってしぼったら、あと1カップくらいはだしがとれるんだから！

和田明日香　たしかに。それに、しぼった分は特に濃いだしが出ますよね。

平野レミ　ほんとはしぼっちゃいけないってのは、知ってるわよ。濁ったり、雑味が出たりしちゃうからね。でもうちは料亭じゃないんだから、濁ろうが関係ないじゃないさ！　それに、お吸いもの飲んで「これは雑味がある」なんて言う人、ふつうの家にいないでしょ。そんなこと言う人がいたら、「黙ってかつおだしの栄養をありがたくいただきなさい！」って言ってやりたいね！

和田明日香　怒らないでくださいよ。少なくとも私はレミさんのやり方に1票ですよ。1票どころか、大賛成。

39

野菜はえらい

野菜を食べると、サラサラと血の流れがよくなります。野菜の繊維は、腸をきれいにしてくれます。野菜はえらい。私は野菜のことを「葉っぱ」と言っています。和田さんが出かけるときは、「いってらっしゃい」の代わりに「葉っぱ食べて」と大声でハッパをかけて送り出します。近所の人はなんだと思っているかしら。

40 たいてい大丈夫

アイデア料理と言っても食べられるものどうしを組み合わせるんだから、そんなに目茶苦茶なことにはならないと思うんです。「らっきょうのチョコレート和え」はまずそうだけど、それだってもしかしたら好きな人がいるかもしれない。ものすごく甘い、とか、ものすごく辛い、とか、そんなふうにならないように気をつければ、たいてい大丈夫。まずは失敗を恐れないでやってみることだと思います。

41

失敗したら、あははって笑っちゃいましょう

何は何グラムとか、火にかけて何分とか、ぴったりそのとおりにしないとおいしいお料理ができないと思い込んでる人もいるけど、そんなガチガチに、試験勉強みたいな気持ちでキッチンに立っても楽しくないじゃない。ちょっとくらい分量や時間を間違えてもぜんぜんへイキ。「私は薄味が好き」っていう人は自分のベロを信じて調味料を少なめにすればいいし、やってみて物足りなかったら足せばいい。濃くなりすぎちゃったら、何かを加えて薄めればいい。真っ黒に焦げちゃったら……そのときはあははって笑っちゃいましょう。

42

世界の平和はキッチンから

私はよく「キッチンから幸せ発信！」って言ってます。食卓を囲む一家がみんな笑顔だったら幸せでしょ。お隣も、そのお隣も、どのうちもそうなら町じゅうが幸せじゃないですか。そういう町が集まって国になり、そういう国が集まって世界になる。そしたら世界は平和でしょ。平和を作る中心はキッチンに立つお母さん。「大袈裟ね」って言われるだろうけど、世界平和にまでつながると思えば、お料理するのも気合いが入るじゃないですか。

43

料理はがんばらなくてもいい

さあ、お料理をがんばって。と言おうとしたけど、
がんばらなくてもいいです。
気軽に、楽しく。
そしてお料理することが
好きになってください。

私は父がだーいすきでした。

第3章

私と子育て
息子のおかげで私はうんと成長できた。

子どもたちを育てているときは、心配なこと、つらいこともたくさんありました。夜泣き、病気、けがをしたとき、こちらのほうが泣きたいくらいでした。けれど、それに負けないくらい、楽しいことや嬉しいこともいっぱいありました。

44

猫のお母さんに憧れて

私が子どものころに、猫が縁側で
子猫におっぱいをあげてたの。
ものすっごくのどかで。
お母さんが幸せそうなのよ。
ああいうのをやりたいなあって思ったの。

45
妊娠の不思議

おなかがどんどん大きくなってくると、小さなことが気にならなくなった。前は空が暗くなって雨が降りそうだと、自分の気持ちまで暗くなったのに、今は雨が降っても、シトシトしてて静かでいいなあと思うようになって、毎日が明るくて楽しくて、不愉快なことがない。毎日が充実している。でもやっぱり、赤ちゃんがおなかにいるとき、女の私におちんちんがあって、しかもおちんちんを育てているというのが不思議でたまらなかった。

46

今日から私はお母さんなのだ

赤ちゃんの体重は2961グラム。標準より少し小さめだった。予定より2週間早かったからしかたないのかもしれない。私のおなかはとても大きかったのに、赤ちゃんのほかになにが入ってたんだろう。次の朝、朝食を取りに食堂へ行った。お母さんになりたての人たちが、食欲もりもりで楽しそうにごはんを食べている。心ときめいて外を見たら、見晴らしのいい日で、まっしろな富士山がビルの向こうにドーンと見えた。爽快で、幸せで、すがすがしくて、すてきないい朝だった。新しい人生が始まったと思った。今日から私はお母さんなのだ。

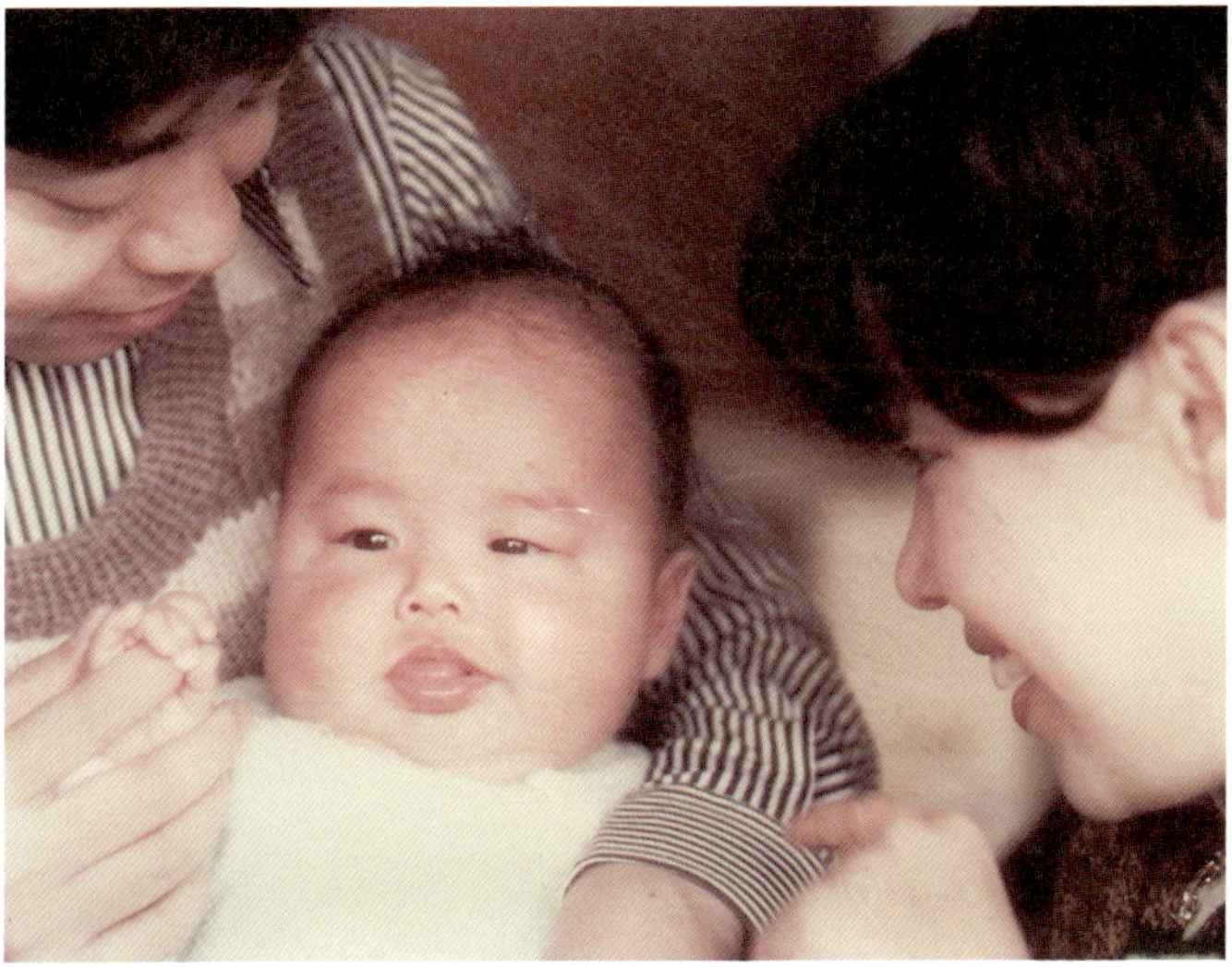

唱が生まれたあと、父から毎日「母性愛はでたか?」って電話がきました。

47

はじめて母になった幸せの味

長男を産んだときに食べた感激のおにぎりがあります。はじめての出産は、陣痛から出産まで14時間。やっと生まれたら私は放心状態になってそのまま眠ってしまいました。それから何時間眠ったのか自分でもわかりません。目がさめたら枕もとにおにぎりが置いてありました。病院で用意してくれた梅干のおにぎり。そのおいしさ！　痛さと疲れからの解放感と、大仕事をなしとげた充実感と、子どもに恵まれた幸福感と、全部がそのおにぎりの中に入っていました。どんなごちそうもあのおにぎりにはかなわない。あんなにおいしいものはもう食べられないだろうと思います。

48

「お姉さんなんだから」と言われるのが嫌だった

私は自分の両親にのびのび育ててもらって感謝しているけれど、ただひとつ、妹ができたときから、「レミはお姉さんなんだから……」と、たまになにかを我慢させられていた。それが嫌でたまらなかった。そういう思い出があるので、唱には「お兄さんだから……」とは言わないようにしよう、と決めている。

49

お母さんまで嫌いになっちゃうかもしれない

にんじんやピーマンが嫌いな子どもは多いみたい。うちの息子たちもそうでした。「からだにいいんだから、食べなきゃだめ！」と叱りたいところですが、そういうやり方ではどうやらよけいに嫌いになりそう。うっかりするとにんじんやピーマンだけでなく、ごはんのときにうるさく言う母親まで嫌いになっちゃうかもしれません。

ソファに座っているといつも息子たちが両脇からまとわりついてきました。

50

子どもはなんでも知っている

仕事で4日ほど台湾に行った。そのときは息子を妹の家にあずかってもらったのだけれど、旅行すると決まった日、台湾に行く話を聞いていたらしく、ふだんはききわけのいい子なのに、その日は道ばたに大の字になって、起こそうとすると「おチャワン行っちゃイヤ」とギャーギャー泣いた。台湾のことを「おチャワン」と言っていた。交差点でもスーパーマーケットでもそんなふうで、私は本当に参ってしまった。しょうがないからアイスクリームを買ってあげたら、ひと口なめてバーンとほうり投げた。その日はいつもと違うひねくれた子になったので、私は真剣に考えて、どうしたらいいものかと思って、育児書を何冊も見たりした。旅行の前の日に寝かしつけていたら、「カーカン行っちゃうね」と言った。私は涙が出てきた。ひねくれた日も、きっと私がいなくなるのがわかったからだろうと思った。行っちゃ嫌だという抵抗だったのかもしれない。まだろくに口もきけないのに、なんでも知っているのだ。こっちが勝手に事を運ぶのがいけないのだ。これからは唱にも相談にのってもらおうと思った。

51 ごはんのときには小言はナシ

食べているときに「宿題はやった」とか、小言を言いたいことはいっぱいあるんですけど、ごはんを食べるときには小言を言わないで食べさせないと、食事の時間も嫌いになっちゃう気がして。だから、ごはんを食べるときはいつも楽しい話をしています。お母さんは家の太陽。なるべくおおらかな気持ちでいたいですね。

52

栄養よりもずっと大事なものがある

次男は低温殺菌牛乳が苦手。ふつうの牛乳は平気なのに、どういうわけかこれだけはだめなんです。栄養のことを考えると、どうしても飲ませたくて、ある日、ふつうの牛乳のパックに低温殺菌牛乳を詰め替えておきました。パッケージのデザインで先入観を持っているのかもしれないので、容器でごまかせると思ったのですが、大失敗。ひと口飲むなり、「違う！　お母さん、入れかえた！」と怒りだして、「もうお母さんは信用しない！」と言いました。ドキッとしました。栄養は、ほかのものでとることもできるし、好き嫌いは大人になって変わることも多いけど、親子の信頼関係はそうはいかない。牛乳事件の信用をとりもどすのは、ひと苦労でした。栄養も大事だけれど、それよりもっと大事なものがあることに気がついたわけです。

53

ピーマンを好きにさせるには

私は考えました。ほめる作戦です。幼稚園のお弁当に豆つぶほどのピーマンを少し入れて、先生に「今日、お弁当にピーマンを入れましたから、食べたらほめてやってください」と電話します。先生も協力してくれました。「先生にほめられたよ」と息子が報告すると、「えっ！　すごーい。先生にほめられたんだって。お父さん、お父さんもほめてやってよ！」と私は大さわぎ。ほめられれば、明日もがんばって食べようとするでしょう。次の日のお弁当には、ひとまわり大きなピーマンを。こうして息子たちをピーマン好きにさせました。私だって、「おいしい」と言われたら張り合いがでて、もっとおいしいものを作ろうと思うのですから。

54 宿題もキッチンのテーブルで

子どもが小さいとき、宿題するのも「ここでやりなさい」ってキッチンのテーブルでやらせてたの。私がエプロン姿で立ってる横で。ゴボウを洗ってる水道の音とか、庖丁とまな板でトントンやってる音とか、じゅうじゅう炒めてる音とか、みんな聞かせてね。子どもがおなかすかせて「なにか作って」と言ったら、それを作ってる姿を見せるのが大事だと思ったんです。お母さんが一生懸命作ってるその過程を見てたら、食べる喜びも倍増するし、待つ時間も楽しくなるでしょう。知らない人が作ったできあいのものをチンするだけで出すのと違って、作るプロセスがわかる。家族のためにお母さんががんばって料理やってる、って姿を見せてれば、いい子になってくれると思うなあ。スキンシップも大事だけど食べ物のつながりも大事だと思っているので、私はベロシップと言ってこちらも大切にしています。

次男の率がやっと「立っち」を覚えたころ。

和田さんはなかなか歯を出して笑わないから貴重な写真です。

55

雰囲気も大切な調味料

小さい子どもは、気分によって食欲がずいぶん違ってきます。ごはんを残すようになったなと思ったら、食器やテーブルクロスを替えてみたり、盛りつけをひと工夫したりしてみます。器が素敵だとお料理も引き立ちます。額縁と絵の関係、ヘアスタイルとメイクの関係も同じね。お料理がおいしく見えるよう心がけるのは楽しいものです。子どもたちも気分が変わって、また元気にごはんを食べはじめるということが、うちの場合はありました。それもめんどうなときは、席をチェンジしてみたり。食卓って、いつのまにか家族それぞれの席がきまっているものだから、それを変えてみるわけ。いつもお父さんが座っている場所に座ると、ちょっと大人になった気分になって、子どもは嬉しくなるみたい。大人だって、少し角度が変わるだけで、食事のときに見なれた風景に変化が起きて、新鮮な感じがします。雰囲気も、大切な調味料なんですよ、ね。

56

子どもの前でパートナーの悪口は絶対言わないこと

和田さんは誠実だからそんなことはぜんぜんなかったけど、もし嫌な夫でも、子どもには、「嫌なお父さんだよ」とは絶対言わないこと。子どもはなにも知らないんだから。

家族で海外旅行。息子たちは現地の子どもと言葉が通じなくてもすぐ仲よくなっちゃう。

57 お弁当はバロメーター

子どもがうちに帰ってきて、お弁当箱を私に渡す。その重さが気がかりです。重たいのは残してきたということだから。食欲は健康のバロメーターなので、たくさん残してきたら、ちょっと気にかけたりします。幼稚園の年少組のころは、小さなお弁当箱に、きれいな色のものをちょっとずつ組み合わせて、かわいらしく飾って、喜んで食べてくれるように工夫をしました。でもちょっと大きくなると「はずかしいからやめて」なんて言います。お弁当は成長のバロメーターでもあります。次男が「ごめん」と言いながら、重たそうにお弁当箱を返してきたことがありました。「どうしたの？　おいしくなかった？　おなか痛かった？」と心配して受けとると、実は軽い。「あーっ、またやられた！」とひょうきんな息子をにらみながら、内心はホッとする。こんなできごとも、毎朝お弁当を作るエネルギーになっているのかもしれません。

58

好きになるか、嫌いになるかの瀬戸際を見極める

子どもは一度怒られると「あ、やっちゃいけないんだ」って、楽しいことでも手を引っこめるようになっちゃう。その子がそれを好きになるか嫌いになるかを決める大事な瀬戸際なんだということをわかってないとだめですね。

子どもと一緒の写真はだんだん撮れなくなります。撮れるときに撮っておいてよかった。

59

家庭のようすがまる見えよ

ある幼稚園での話。「さあ、ごはんを作りましょ」の先生の合図でいっせいに子どもたちがママゴト料理を作ります。オモチャの庖丁で葉っぱを切ったり、炒めるマネをしたり、お皿に盛りつけたりする子。はたまた袋を開けて、レンジでチンのマネして「はい、できあがり〜」の子。先生はすべてお見通し。普段の家庭の景色が子どもを通してわかっちゃうの。あ〜こわいこわい。

60

子どもたちからもらったエネルギー

「レミさんは、どうしていつもそんなに元気なの？」ときかれることがあります。「声が大きいから、そう見えるのよ」と私は答えます。でも、もしかしたら、子どもたちからもらった、たくさんの楽しさや嬉しさが、私のからだの中でエネルギーに変わっているような気もします。

61

和田さんは父とよく似てた

私は自由に育てられたのに、子どもには「勉強、勉強」と言ってました。そしたら和田さんが「レミはお父さんから勉強なんかすることないって言われて育てられたのに」って言うから、「とりあえず勉強はできたほうがいいと思う」と言ったら、「そんなこと子どもに言うんじゃないよ、なにも言わないで好きなことをやらせたほうがいいんだから」って、うちの父と同じようなことを言う。「打ち込めるものを持ってることはいいことだよ。それが勉強なんだよ」って。

父の詩に和田さんがイラストをつけて、それでよく展覧会をやってました。

62

そうか、息子にも好きなことやらせればいいんだ

平野レミ　長男の唱が試験前だっていうのに夜、ギターのパンフレットをたくさんかかえて帰ってきて「お母さん、どれ買おうか」って言うから、「ちょっと、明日から試験でしょ！」って言ったの。そしたら唱は、部屋に行って制服着たまんま和田さんのお古のギターかかえて寝ちゃってた。私がそれ見て「あーあ」って言ったら、

和田さんが「これでいいんだよ」って。

和田誠　あのとき俺が「お母さんが、こう言ってるぞ」ってギターとり上げてたら、今の唱はいないんだよ。

平野レミ　そうそう。子どもを信じてたのよね。そのときに思ったの。ああ、和田さん、やっぱりうちの父とそっくりだって。私が高校に行くのが嫌になっちゃって「やめたい」って言ったとき、父は理由もなにもきかないで「いいよ、やめろ」って言った。で、「レミ、いい学校があるから」って文化学院を教えてくれて、私がシャンソン好きだったから好きなことを徹底的にやれって言った。だからあのときの和田さんを見て「そうか、唱にも好きなことやらせればいいんだ」って思った。

63

私の子育てのきほん

当たり前だけど、人はみんな、それぞれ違います。うちの二人の息子にしても、同じ両親から生まれているのに、顔も性格も好みもぜんぜん違う。だから、親が「こんな仕事を選んでほしい」なんて勝手なことを言っても期待どおりになることはあまりないし、たいていは迷惑がられるのがいいところ。そんなわけで、私の子育てのきほんは、「外でのびのびと遊ばせて、ごはんをきちんと食べさせて、バタンキューと寝かせちゃう」ということ。これだけを守ろうとしてきました。

64

愛情は子どもにちゃんと伝わってる

仕事が忙しくて、私は子どもの野球につきあうことが、あまりできませんでした。ある日、一人のチームメイトのお母さんから電話がありました。「和田さんは大事な試合の日も見に来ませんね。子どもがかわいくないんですか」と真面目に言われました。息子にもそう思われているといけないので、「お母さんが野球見に行かないの、さびしい？」と私はききました。「ぜーんぜん。なーんにも」と息子が明るく答えたのでホッとしました。

65

子育ては、親育て

私は息子のおかげでずいぶん勉強をした。人間的にもうんと成長したような気がする。あんなにわがままだった私から、わがままがとれて、今まで持ち合わせていなかった思いやりや、やさしさが生まれてきた。息子に対する思いやりがきっかけになって、誰に対してもその人の気持ちをわかろうと努めるようになった。結局、子育てというものは、親育てなのだと思う。

私が土をこねて、和田さんが絵付けをした大事な器。今でも使っています。

第4章

私と家族
みんないいヤツね！

友人たちももちろん大切だけど、私が一緒にいて楽しい人、ホッとする人は、なにより家族です。夫の和田さんに二人の息子、息子の嫁と孫たち。みんないいヤツね！

66

レミ、好きなことを徹底的にやれよ

父には「レミ、好きなことを徹底的にやれよ」と耳にタコができるぐらい言われました。父は私のことを本当に信じてくれたんでしょうね。結婚してから、料理の仕事が入ってくるようになり、私は料理学校に行っていないんだけど「好き」という気持ちが料理の腕に磨きをかけました。朝から晩までキッチンにいても、楽しかったんです。一生懸命、前向きに「楽しい」ってやってることが結局、努力だったみたい。

67

「だめ」と言わないお母さん

子どものころは、母が台所でお料理してるのをいつも見ていました。普通は「火があぶない」「庖丁は怖い」って子どもに近づけさせないみたいだけど、うちの母は自由にやらせてくれたんです。「あれしちゃだめ」「これしちゃだめ」なんて絶対言わない。「あらレミちゃん今日も派手に散らかしたわね」と笑顔で言う。その母の方針がとってもよかったんじゃないかなぁ、って今になって思います。私と逆で、子どものころ「リズムが崩れるから台所に入ってこないで」と母から言われたことがトラウマで、料理に興味がなくなって、する気にもなれないという知り合いがいます。

68

「もうやーめた」って、学校やめちゃやった

まぐれで私は上野高校というすごく難しい学校に入ってしまって、入ったら、あと勉強が大変で、ついてなんていけなかった。難しくて勉強が嫌になって、宿題もやっていかないから、英語の時間に先生に指されて、読まされたときにもできなくて。それだけじゃないけど、その日、「もうやーめた」って、学校をやめちゃった。でも両親になかなか言い出せない。言ってないから母が毎日お弁当を作ってくれるんです。仕方ないから一週間ぐらいお弁当持って

実家の松戸から高校のある上野まで常磐線で行ったり来たりして。それに飽きると今度は山手線でぐるぐるして。こんなことしててもしょうがないと思って、父の前ではじめて正座して「お父さん、学校やめたくなっちゃった」って言ったらすぐ、「あ、やめろやめろ」って言ってくれた。「どうしてだ」って理由をきかないで、「あ、やめろ」って言ってくれたあのときのお父さん、一生忘れられない。私が勉強嫌いで、やめたくなっちゃったというのがわかっていたんです。

69

あとは自由にやれ

うちの両親の育て方はすごく自由で、子どものことは放りっぱなし。でも、私のことを大きく見つめてくれていて、「こうしなくちゃいけない。ああしなくちゃいけない。言葉遣いはこうしなさい」とか、路線を敷くことはありませんでした。人に意地悪をしてはいけないとかはきちっと教えられたけれど、あとは自由にやれという感じでしたね。

70

勉強するなと言われたら、逆にしっかりするみたい

勉強しなくてもかまわないって言われると、逆に人間っていうのはしっかりするみたい。うちの父や母が私のことをがんじがらめにしていたら、もっともっと私、自分の考えのない人間になっていたと思う。

71

元気なまま
コロッと死ねたら

母のことは、ずっと私が自宅で介護していたんですよ。亡くなったときはものすごく悲しかったけれど、できることはやり切ったという満足感もありました。でも、あれは母親と実の娘の関係だからできたことなのかもしれないと、今は思います。自分のことを考えても、息子たちに介護してもらうなんて未来を想像するのは、かわいそうでとてもできない。お嫁さんたちに介護してもらうなんて考えてもいないし。元気なままコロッと死ねたらいいな。

この表情が、いつもの父と母の顔。会いたくなっちゃうね。

72

死ぬのだって楽しみ

私は両親にこれ以上ないくらい愛されて、自由に、のびのび育ちました。私が自分に正直に生きているのは、両親のおかげです。だから、死ぬのが怖くない。それどころか、父と母に会えると思うと、死ぬのも楽しみ。でも死んじゃったときはちょっと恥ずかしい。だって棺桶に入れられて寝っ転がったまま、みんなの会話にもついていけないし、ただただじっと見られているだけなんだから。

73

息子が伝えた情報のおかげ

次男のお嫁のあーちゃんは、愛情たっぷりに子どもたちを育ててくれている、すごくいいお母さんであり、お嫁さんです。どうやら息子は結婚前から、私のことを「こういう母親だ」って教えていたみたい。だから、あーちゃんが私のことをわかってくれてるのね（笑）。そのせいか、お互いに言いたいことを言い合っても、ケンカはなーし。

74

とにかくがんばらない

お姑さんのことで悩んでいる方がいるとしたら、まずアドバイスできるのは、とにかくがんばらないってことかな。必要以上に興味を持たなければ、かかわりもしない。だって、無理矢理つきあったって、うまくいかないものはどうしようもないから。中途半端につきあうたびにぶつかりあって、ご主人が板挟みになったら、どんどんややこしくなるでしょ。まずは少し距離を置いて、あとは気にしな〜い気にしない！　こっちの気持ちが楽になれば、自然と向こうも寄ってくるんじゃない？

嫁のあーちゃんは、背も、目も、態度もでっかい。私はいつも縮こまってます(笑)

75

自分の仕事のほうが大事

今のところお互い遠慮しないで本音を言えているから、息子たちの家族ともいい感じの距離感なんでしょうね。でもこれは、私が仕事を持っているからということも大きいと思います。息子たちに関心はあるけど、自分の仕事のほうが大事だから。もし私の気持ちがべったり全部、向こうに向いてしまって、息子たちの家庭が気になって仕方がないというようだったら、この関係はないんじゃないかな。だから、いくつになってもずっと仕事を続けられるといいなと思っています。ボランティアでもなんでも、自分にできる範囲で構わないから。

76

こっちも緊張しないでいられるの

平野レミ　あーちゃんはぜんぜん変わらないね。最初から緊張もせず堂々として。

和田明日香　レミさんが、緊張させないでくれたからですよ。

平野レミ　いや！　あーちゃんが自然体だから、こっちも緊張しないでいられるのよ。相乗効果よ。どっちかが緊張したら、お互い緊張しちゃうじゃない。

77

嫁の言葉を深読みしない

疑問に思ったことは変に腹にしまわず、まっすぐ相手に聞く。それで返ってきた答えは、裏読みとか深読みとかあるらしいけど、そんなことしないで素直に受け取る。そうすれば、気持ちがこじれることもないわよね。とりあえず今のところ疑問なーし。

樹里ちゃんが本棚を見てると、和田さんが隣で解説するの。息子は座ってギター弾いてる。

78

料理を勉強しなさいと言ったことは一度もない

あーちゃんに私から「料理を勉強しなさい」と言ったことは一度もないんです。ただ、家に来たときに「これは多分知らないだろうな」と思ったら、「ほら、見て見て」と台所に呼ぶわけ。たとえばそら豆を茹でて冷ますとき、「ゆっくりとだましだまし水を足しながらやると、そら豆がちぢまないでパンパンにできあがるからね」とか言いながらやってみせる。そうすると、「はい、わかりました」なんて熱心に聞いています。

79

私をいろんなところに連れてってくれるいい嫁です

嫁の上野樹里ちゃんは私をいろんなところに連れてってくれる。「レミさん、サップやりましょ」って誘うの。海に浮かんだボードの上に立って、パドルで漕いで進んでいく、あのサップね。現地のホテル近くのお店で「明日は楽しみね〜」って樹里ちゃんとワインをいっぱい飲みました。ホテルまで歩いて帰ってたら、私ズッコケちゃったの。足は傷だらけ。血もだらだら。サップしないで帰りました。

第5章

私と和田さん
本を開けばまた
和田さんに会える。

平野レミ　和田さん、私と結婚して「損しちゃったな」とかないの？

和田 誠　損なんてしなかったよぜんぜん。わかるでしょ？

80

和田さんは、とにかく和田さんなのよ

私は夫のことを出会ってから今まで、ずっと変わらず「和田さん」と苗字で呼んでます。親しい女友だちは「マコちゃん」とか呼んでるのに、妻の私が他人みたいに「和田さん」と苗字で呼んでるので、よく不思議がられます。でも、今さら直せません。和田さんは、とにかく和田さんなの！　夫でも、お父さんでも、パパでもないの。和田さんなのよ。昔っから「和田さん」って顔してるから、和田さんがぴったりなんです。

81

足と地面が接着剤でべったりついてる感じ

それまでいろんな人と付き合ったけど、地に足がついてない、ふわふわしてる人ばかりだった。だけど和田さんは違ったの。扁平足の人みたいに、足裏全部が接着剤でべったり地面についてる感じで雰囲気がどっしりしてた。

82

あと何千回、レミのごはんが食べられるかなあ

私、ごはんだけは一生懸命作る奥さんでした。だって、和田さん、結婚して最初に言ったのが、「死ぬまでにあと何千回、レミのごはんが食べられるかなあ」だったのよ。「あっ、この人、食べることに命かかってる」と思って、最初からビシッと作るようにした。あの言葉を言ったとき、和田さん、ほんとに嬉しそうだった。ごはん食べるのを、ものすごく楽しみにしてる感じがした。だから、それだけは叶えてあげようと思ったの。

新婚のとき、アパートの前で。名刺の切り抜きが表札の代わり。すんごくちっちゃいの。

83

結婚とは一心同体になるもんだと思っていたら、大間違い

和田さんと結婚して6か月ぐらい経ったときに私が書いた日記がついこのあいだ見つかったんです。「今日から日記書こう！」なんていって、新婚の私が書いてんですよ。

「結婚とは一心同体になるもんだと思っていたら、とんでもなかった、大間違いだ。仕事のときの和田さんのまわりにはものすごい壁があって、私はどうしても入れない。和田さんはそんな世界を自分で持ってるんだから、私も自分の世界を持たないと大変だ」

84

私も好きなことやんなくちゃ

和田さんは、自分の好きなもの、いっぱい持ってるでしょう。趣味をいっぱい持ってるから、羨ましかった。だから、私も好きなことやんなくちゃと思ったの。で、料理のほうにどんどん、のめり込んでいっちゃった。そうすると和田さんが、「もっとやれ、もっとやれ」って応援するから、「なんだ、和田さんが映画ばっかり見てるから私はこうなったんでしょ」って言いたくなるときもあったけど、「ま、いいか」と思って。そんなこと言っても、和田さんから好きなものを取り上げるなんてできないし、私、人に強制してこっちへ向かせようっていうの、嫌だから。

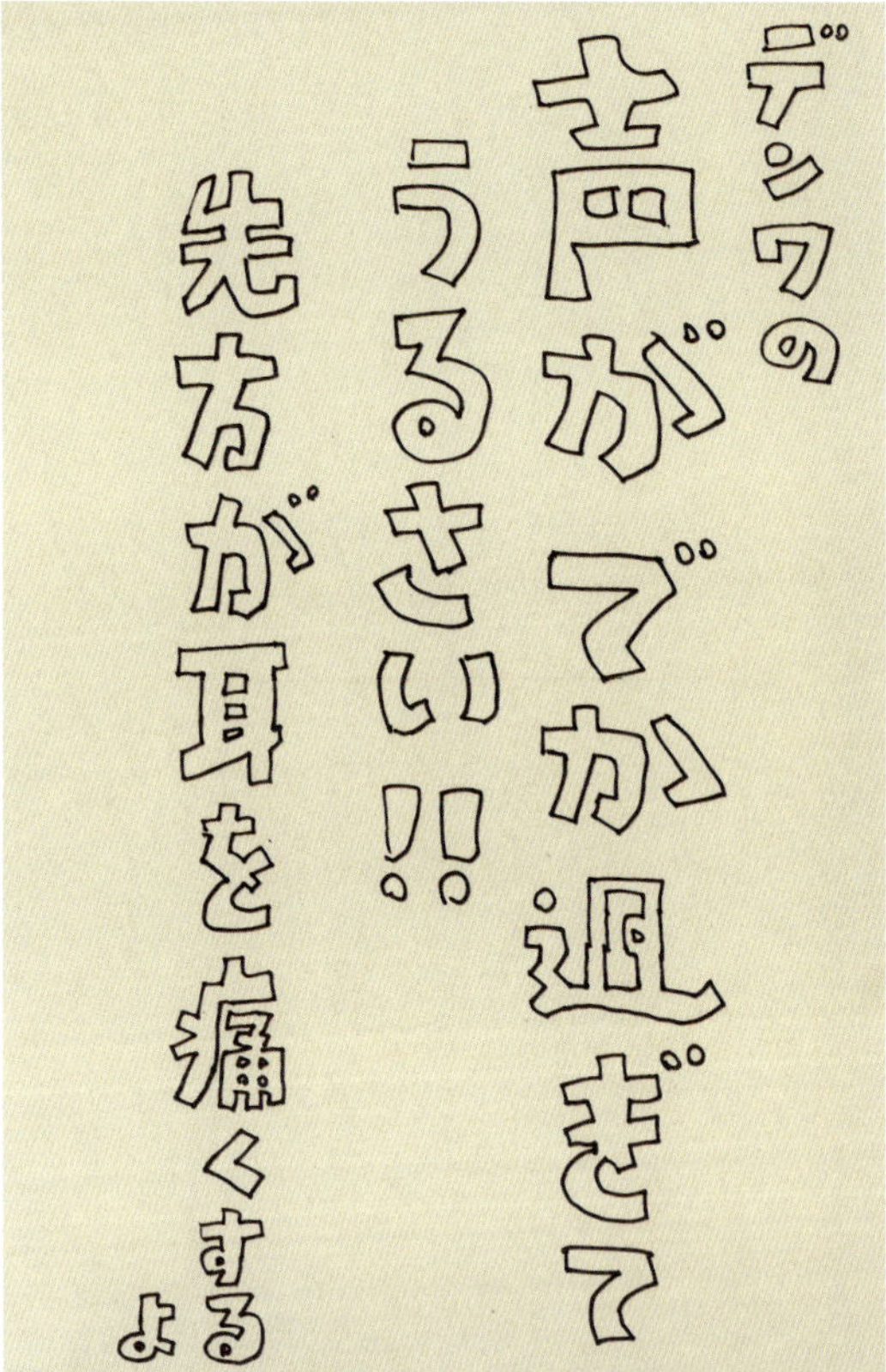

和田さんは、注意書きも、置き手紙も、だいたい袋文字ね。

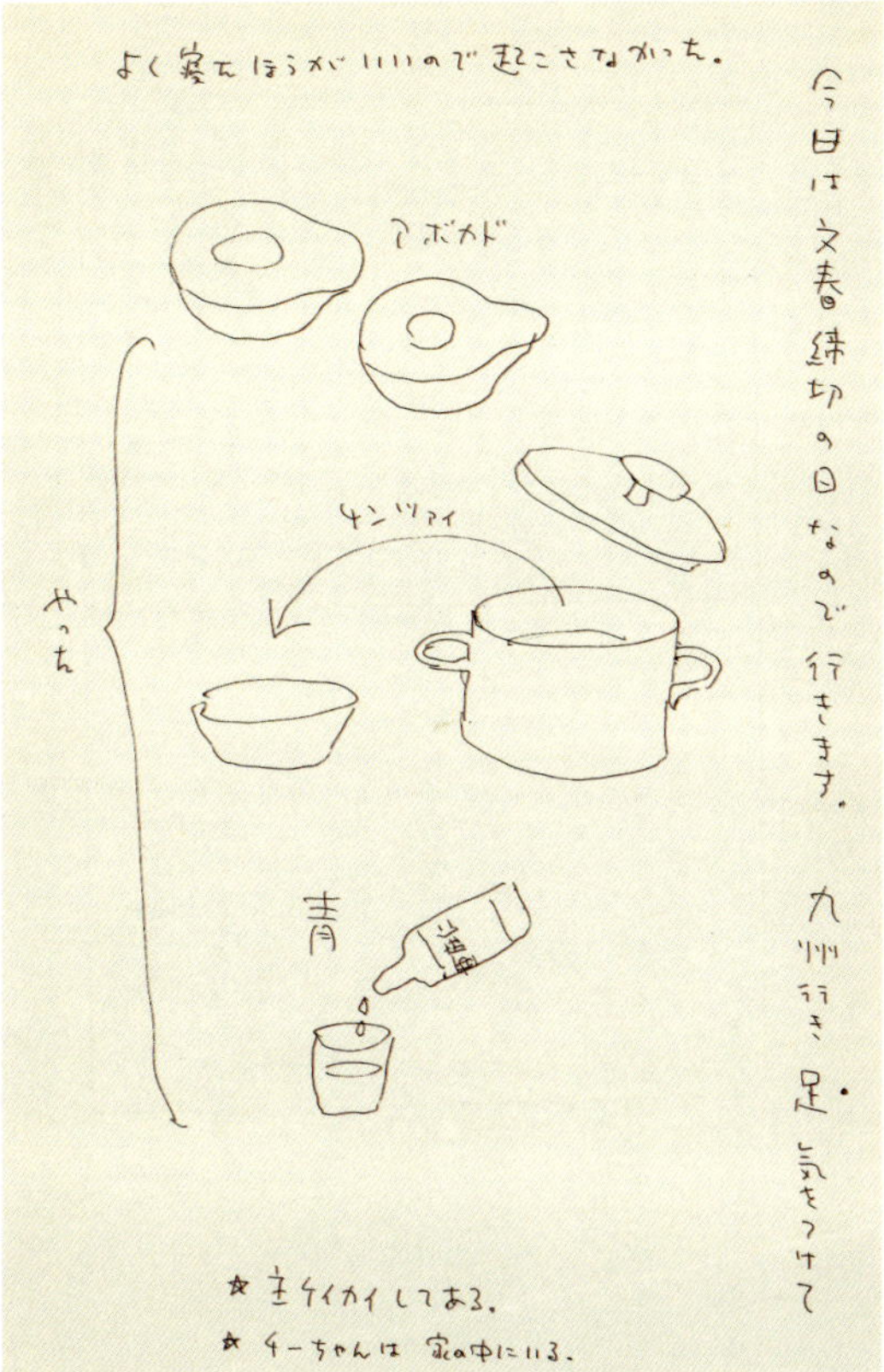

イラストつきのメモのときもある。和田さんはいろいろ気を遣ってくれてやさしいの。

85

私の本質を見抜いてくれた

永六輔さんがね、「和田さんの似顔絵は、無駄な線を省いて、目と口と鼻の位置と輪郭だけで、その人そっくりに描くんだよ。だからレミちゃんの、ガーガーうるさいところを全部とっちゃって、本質を見抜いたんだよ」って言ってくださって、すごく嬉しかったなあ。

86

和田さんはそんな人

「俺は毎朝目が覚めると幸せ感じる」って和田さんは言ってた。好きなことを一生懸命やる。だから365日、にっこり笑って家に帰ってくる。怒らない。いろんなことを知っているけれど、ひけらかさない。テレビやCMの仕事、自分に似合わない賞は断っちゃう。和田さんはそんな人。

87

和田さんと映画館に行ったことが一度もない

和田さんは365日、ニコニコ笑って帰ってくるの。「お母さん、ただいま」って。そしてリビングに行って、カチャッとビデオやDVDを入れて外国映画を観るの。一人で笑ったりして静かに観ている。途中、私が「この人、悪い人？　いい人？」って話しかけるとちゃんと答えるけど、必ずシャーッて巻き戻すの、必ずね！　一言一句見逃したくないみたい。和田さんがいなくなってからハッと気がついたことがある。そういえば和田さんと映画館に行ったことが一度もない。それは映画館では巻き戻せないからだと思う。

個展のあとの打ち上げ。よく友だちとわいわい飲んでました。

88

和田さんのおかげ

「まずい」なんて言われたことはなくて、いつも「レミの料理はおいしいおいしい」って。私の肩書きも、「料理研究家じゃなくて料理愛好家っていうのでどう？」と提案してくれた。ここまでこられたのは和田さんのおかげ。おだてにのってどんどん料理を作ったから、新婚のころはテーブルが見えなくなるくらい作ってしまって、和田さんの顔もだんだん太ってきちゃって。１０５歳で亡くなった医者の日野原重明先生に食べすぎだと注意されたこともありました。

89

私のごはんがだいすきだった

私が仕事で地方に行くとき、和田さん、なによりも先に、「今日、何時に帰ってくる？」って聞いてくる。それはね、私にごはんを作ってほしいからなのね。で、行った先で地のものを買って帰るの。遅くなりそうなときは、「こんな魚があったよ。もうちょっとだから待っててね」って電話する。そうすると和田さん、ワイン飲みながら、食べる姿勢で待ってるの。

90

私よりも私のことをわかってる

和田さんって、私よりも私のことを知ってるみたいで、玄関をガチャガチャッて開けたとき、私が沈んだ声で「お帰んなさい」なんて言うと、靴を脱ぐ前に、「どっか食いに行く？」って言う。私が疲れてることがわかるのね。もうありがたくてありがたくて。食べに行ったあと「ああ、おいしかった」って私が言うと、「レミのごはんのほうがおいしいよ」って言われちゃうの。

新婚旅行で行った九州の池。船頭さんが写真を撮ってくれました。

91

私の料理が死んじゃうからやめて！

「私の料理が死んじゃうからやめて！　料理に文字をかぶせないようにして！」ってお願いしたのよ。そうしたら、編集者が「あなたよりデザイナーのほうが立場的に上だから応じられない」って。「誰がエライとかおかしいわよ！」って大ゲンカしちゃった。料理がいちばん大事なのに。このことを和田さんに言ったら「上手なデザイナーは料理写真の上に大きな文字を置いたりしないよ」ってわかってくれた。嬉しかった。

92

和田さんは私のために生まれてきたのよ

阿川佐和子　レミさんが和田さんを怒ることは？

平野レミ　ない。全部やってくれるから。茶碗洗ってくれて、ゴミ出してくれて、買い物も行ってくれて……。

阿川佐和子　本の装丁もしてくれるし、エプロンのデザインしてくれるし、歌もメガネも作ってくれるしね。

平野レミ　そうそうそう。もう和田さんは私のために生まれてきたのよ。

和田さんと私とマネージャーの奥ちゃん、3人でよく旅行してたね。泊まる部屋も一緒。

和田さんの希望で日光東照宮の「眠り猫」を見て、そのあと華厳の滝に寄りました。

93

息子はずっと、絵が好きです

長男が小学校低学年のとき、「はたらくおとな」というテーマの展覧会のために描いた絵は、飾ってもらえませんでした。飾られていたのは、お母さんがミシンを使っていたり、お父さんがショベルカーを運転したりしている絵でした。息子はゴジラを描いたので、ふざけてると先生に思われたのでしょう。先生もひと言、息子にきけばいいのに。その絵を持って帰ってきた息子に、和田さんがゴジラを描いたわけを息子にきいたら「ゴジラの着ぐるみの中の人は、暑くて汗くさくて重たいよね」と。「うまいなあ、色がすごくきれいだ。展覧会で飾ってくれないんだったら、うちに飾ろう」と和田さんは言って、自分が昔もらった賞状をはずして、その額にゴジラの絵を入れました。今でもその絵はわが家の壁にかかっています。息子はずっと、絵が好きです。

94

ただ、ほめるだけ

和田さんはイラストレーターですが、子どもたちが絵を描くと、「ここはこうしたほうがいいよ」なんて教えないで、ただ、ほめるだけ。大人の描き方を覚えたら、子どもの絵はつまらなくなる、と言います。

和田さんはタヌキって書いてるけど、たぶんハクビシンね。

95

私でよかったの？

入院先で容体が悪化していく和田さんの手を握って、足をさすって、たくさんしゃべりかけて、歌もいっぱい歌いました。「私でよかったの？」って聞くと「よかった」って言ってくれました。和田さんはいつもジーパンとスニーカーだったから、棺にも愛用のジーパンで。葬儀も家族だけで「やっぱり喪服じゃないよね」って意見が一致して、和田さんに合わせて全員ジーパンにスニーカー。会場には和田さんが愛したフランク・シナトラの音楽を流して、お経やお焼香やチーンなどは一切なし。私は和田さんの好物ばかりをたくさん作って重箱に詰めて、棺の中に入れました。大好きな肉料理。

和田さんが名付けた「ヒツジュ品」のラムチョップ。塩こうじとヨーグルトに1時間ほど漬けて、ぬぐって焼くの。和田さんが食べる最後の料理だと思ったらすごく緊張しました。でも、和田さんのために作っている時間は本当に幸せだったなあ。私にとってのいちばんの幸せは、和田さんにごはんを作ることだったんだってあらためて気づきました。

96

篠山紀信さんの写真と谷川俊太郎さんの詩

ふつうの仏壇ってお線香やろうそくがあって、とっても死んじゃったみたいで悲しいじゃないですか。そういうの、和田さんが好きじゃないと思うから、いつも使ってたテーブルの上に、なかよしの篠山紀信さんが撮ってくださったいい写真を飾ってるんです。そこに谷川俊太郎さんの直筆の詩も置いてるんですよ。きっと谷川さんの詩は喜ぶんじゃないかと思ってね。それで先生のところにうかがって、新聞に載っていた、先生がうちの夫のために詠んでくださっ

篠山紀信さんが撮った和田さんの写真と向かい合わせに、私が表紙の雑誌を置いています。

た詩を、先生の直筆で書いていただけませんか、とお願いしたんです。いいですよって、すぐ書いてくださいました。篠山さんの写真があって、まわりにお花がいっぱいあって、谷川俊太郎さんの詩がある。ただそれだけ。

97

私と結婚してくれて、ほんとにありがとう

和田さんは、私にはほんとうにやさしかったです。テーブルに飾ってある和田さんの写真を見て、私は毎日、「和田さん、ありがとね、私と結婚してくれて、ほんとにありがとう」と言ってます。それからね、和田さんに毎日、おいしい、いいお茶を淹れてるの。ちょっとぬるくして、夫婦茶碗で私と二人分。「はい、お父さん、かんぱーい、カチーン」って、写真の口もとに持っていくの。

98

一人で食べていても「おいしい」って声に出す

和田さんがいなくなっちゃっても、ちゃんとテーブルクロスやランチョンマットを敷いて、料理を作るの。熱湯にかつおぶしをたっぷり入れて出汁をとって、豆腐とかを入れてお吸い物にして、おいしいごはんを炊く。そして一人でも「おいしい！」って声に出すんです。

99

あっ、ここに和田さんが半分いる

唱のお嫁が、俳優の上野樹里ちゃんなんですよ。彼女に「和田さんがいなくなって触るものがないんだよね。もう寂しくて寂しくてやんなっちゃう」と話していたら、そこにいたうちの息子に「唱さん、ちょっと手を出して。レミさんの手をギュッと握ってあげて」

って言ってくれたんですね。息子の手なんて、紅葉みたいに小さな手をしているときしか握ったことがないじゃないですか。大人になってからは手をつなぐこともない。その息子が大きくなった手でぐっと私の手を握ってくれてね。そうしたら「あっ、ここに和田さんが半分いる！」と感じたんですよ。それで、胸につかえていた悲しみがストンと落ちていきました。和田さんがここにいたんだとわかって、それはそれは嬉しかった。

100

私は来世も、
また和田さんと
結婚するの

猫のチーちゃんとはもう20年も一緒に暮らしています。

和田さんの調子が悪くなって私が台所で泣いてたとき、チーちゃんはずっと私の顔を見てた。

谷川さんが直筆で詩を書いてくださったのは嬉しかったなあ。和田さんも喜んでます。

和田さんが初任給で買ったピアノの上には家族の写真がいっぱいです。

猫のチーちゃんのベッド。段ボールにタオルをいれてふくふくにしています。

庭には赤、ピンク、白の梅が植えてあります。配置は私が決めました。

おわりに

名古屋で仕事中、孫から電話がありました。今日は敬老の日だから、私を夕食に招待してくれるって言うんです。「じゃあはやくケーロウかな」なんて言って、うきうきしながら新幹線で帰りました。

息子夫婦の家のテーブルを見てびっくり！　3人の孫が私のために料理を作ってくれていたんです。

下の子は葉っぱがいっぱいのサラダ。ドレッシングの塩味と酸味のバランスがとってもよかった。

真ん中の子はバターのっけてグリルで焼いたしいたけ。最後に醤油をちょろっと。「タータン（私のことね）にはちょっとしょっぱいかも」って言ってたけど、そんなことない。すんごくおいしい。

上の子はお刺身たたいて、たれ混ぜて作った、どんぶりいっぱいのユッケ。それをスプーンですくって大きな海苔巻いてパクッて食べるの。絶品です。のんべえにはたまらない味ね。

もっと驚いたのは、この3人が「タータンのためにやりたい」って自発的に料理を作ってくれたってこと。こんな嬉しい敬老の日ははじめてです。知らないうちに孫たちはどんどん大きくなっていくのね。あーちゃんも卒も、とってもいいお母さん、お父さんしてるんだ。家族ってやっぱりいいね。

だいすきな和田さんが亡くなって、もう5年も経っちゃった。今でも和田さんのことを考えない日はありません。会いたくて会いたくてたまらない日もある。そんなときは渋谷区の中央図書館に行くんです。そこの4階に、和田さんが書いた本とか、装丁した本、蔵書がたくさん置いてある。事務所で使ってたテーブルも椅子もある。「和田誠記念文庫」っていう場所なのね。そこで和田さんの本を開いていると心がすーっと落ち着いていくの。また和田さんに会えたような気持ちになるんです。本にはすごい力があるんだなあ。

私の言葉だけで1冊の本にするなんて、さいしょは大丈夫かなって思ったけど、集めてくれた言葉を読んでいるといろんなことを思い出して、とってても幸せな気持ちになれました。

だいすきな両親が私にいっぱい愛情を注いでくれたこと、和田さんと出会って結婚したころのこと、唱が生まれたこと、率が生まれたこと、あーちゃんと樹里ちゃんがお嫁にきてくれたこと、かわいい孫の顔が見られたこと……。みんなのおかげで、私は「私のまんま」でいられるんだなあって思います。

2024年11月吉日

平野レミ

平野レミ（ひらの　れみ）

料理愛好家、シャンソン歌手。主婦として料理を作り続けた経験を生かし、NHK「平野レミの早わざレシピ！」などテレビや雑誌などを通じて数々のアイデア料理を発信。また、レミパンやエプロンなどのキッチングッズの開発も手がける。2022年、『おいしい子育て』（ポプラ社）で第9回料理レシピ本大賞エッセイ賞受賞。エッセイに『家族の味』『エプロン手帖』（以上、ポプラ社）、『ド・レミの子守歌』（中央公論新社）など、レシピ本に『平野レミのオールスターレシピ』（主婦の友社）、『平野レミの自炊ごはん』（ダイヤモンド社）など多数。X（旧Twitter:@Remi_Hirano）でも活躍中。

和田さんが亡くなった後に見つかった楽譜。結婚する前に私のこと歌にしてくれてたんです。

出典一覧

掲載は出版社名の50音順。数字はページ数ではなく、通し番号です。

書籍

『畏敬の食』（小泉武夫／講談社）36、56
『平野レミのしあわせレシピ』（平野レミ／自由国民社）18、74、80
『平野レミと明日香の嫁姑ごはん物語』（平野レミ・和田明日香／セブン&アイ出版）5、9、38、76
『平野レミのつぶやきごはん』（平野レミ／宝島社）6、10
『ド・レミの歌』（平野レミ／中公文庫）22
『ド・レミの子守歌』（平野レミ／中公文庫）45、46、48、50、65
『「将来」のヒント』（東洋館出版社）51、61、69
『50代から生きるのがうまい女、ヘタな女』（ＰＨＰ研究所）3、8、12、19、第4章章扉掲載文
『親父バンザイ』（婦人画報社）68、70
『家族の味』（平野レミ／ポプラ社）7、24、26、27、29、31、35、40、41、42、43、54、58、62、第2章及び第5章章扉掲載文
『おいしい子育て』（平野レミ／ポプラ社）25、39、49、52、53、55、57、60、63、64、93、94、第3章章扉掲載文
『エプロン手帖』（平野レミ／ポプラ社）23、28、32、37、47

雑誌

『AERA Money』２０２２夏号（朝日新聞出版）2、91
『月刊 Hanada』２０２１年11月号（飛鳥新社）86、88、98
『家の光』２０１４年9月号（家の光協会）30
『キネマ旬報』２０２０年2月下旬キネマ旬報ベスト・テン発表特別号（キネマ旬報社）87

『ＯＬマニュアル』２０１３年３月号（研修出版）11
『暮らしのおへそ』vol.25（主婦と生活社）13、15、16、20、44、85
『週刊新潮』２０２４年３月28日号（新潮社）99
『婦人公論』２０１６年８月９日号（中央公論新社）71、73、75、77、78
『週刊文春』２００３年８月７日号（文藝春秋）92、第1章章扉掲載文
『文藝春秋』２００７年２月臨時増刊号特別版（文藝春秋）81、82、84、89、90
『週刊平凡』１９８３年６月９日号（平凡出版）17
『anan 特別編集 Olive ボーイフレンド版』（マガジンハウス）4
『Yomiuri Weekly』２００４年５月23日号（読売新聞社）14

―新聞―

『朝日新聞』２０２１年４月22日 朝刊（朝日新聞社）95
『毎日新聞』２０１１年８月17日 夕刊（毎日新聞社）66

―webサイト―

「平野レミさんと、和田誠さんのことを話そう」（ほぼ日）
https://www.1101.com/talk_about_mrwada/2020-09-01.html 83、96、97、100

以下は、書き下ろしです。1、21、33、34、59、67、72、79

※一部、出典著作の文章と表記を変更してあります。
※一部、今日の観点からみると差別的表現ととられかねない箇所がありますが、著者自身に差別的意図はなく、執筆当時の時代を反映しているものとの観点から、原文のままとしました。

私のまんまで生きてきた。
ありのままの自分で気持ちよく
生きるための100の言葉

2024年11月11日 第1刷発行

著　者　平野レミ
発行者　加藤裕樹
編　集　辻 敦
発行所　株式会社ポプラ社
〒141-8210 東京都品川区西五反田3-5-8
JR目黒MARCビル12階
一般書ホームページ www.webasta.jp
組版・校閲　株式会社鷗来堂
印刷・製本　中央精版印刷株式会社

N.D.C.914/191P/18cm ISBN978-4-591-18379-3

P8008476